ポロポロゆうびん

竹下文子・作　こばようこ・絵

　あるひ、とむくんに、てがみが　きました。
めずらしい　とりの　きってが　はってあります。
「あっ、ポロポロとうの　きってだ。おじさんからだ」
　とむくんの　おじさんは、どうぶつがくしゃです。
ポロポロとういう　みなみの　しまへ、どうぶつや
とりの　ことを　しらべにいっているのです。

POST

てがみには　こう　かいてありました。

とむくん
こっちは たのしいよ。
ともだちが たくさんできたよ。
おみせも テレビも でんわも
ないけれど くだものは
まいにち たべほうだい
とむくんも
あそびに こないか

しゃしんも　はいっていました。
　おじさんが　バナナの　きの　まえに　たっています。かたには、しろい　おうむが　とまっています。

「わあ、いいなあ。いきたいなあ」
　とむくんは、さっそく　へんじを　かきました。

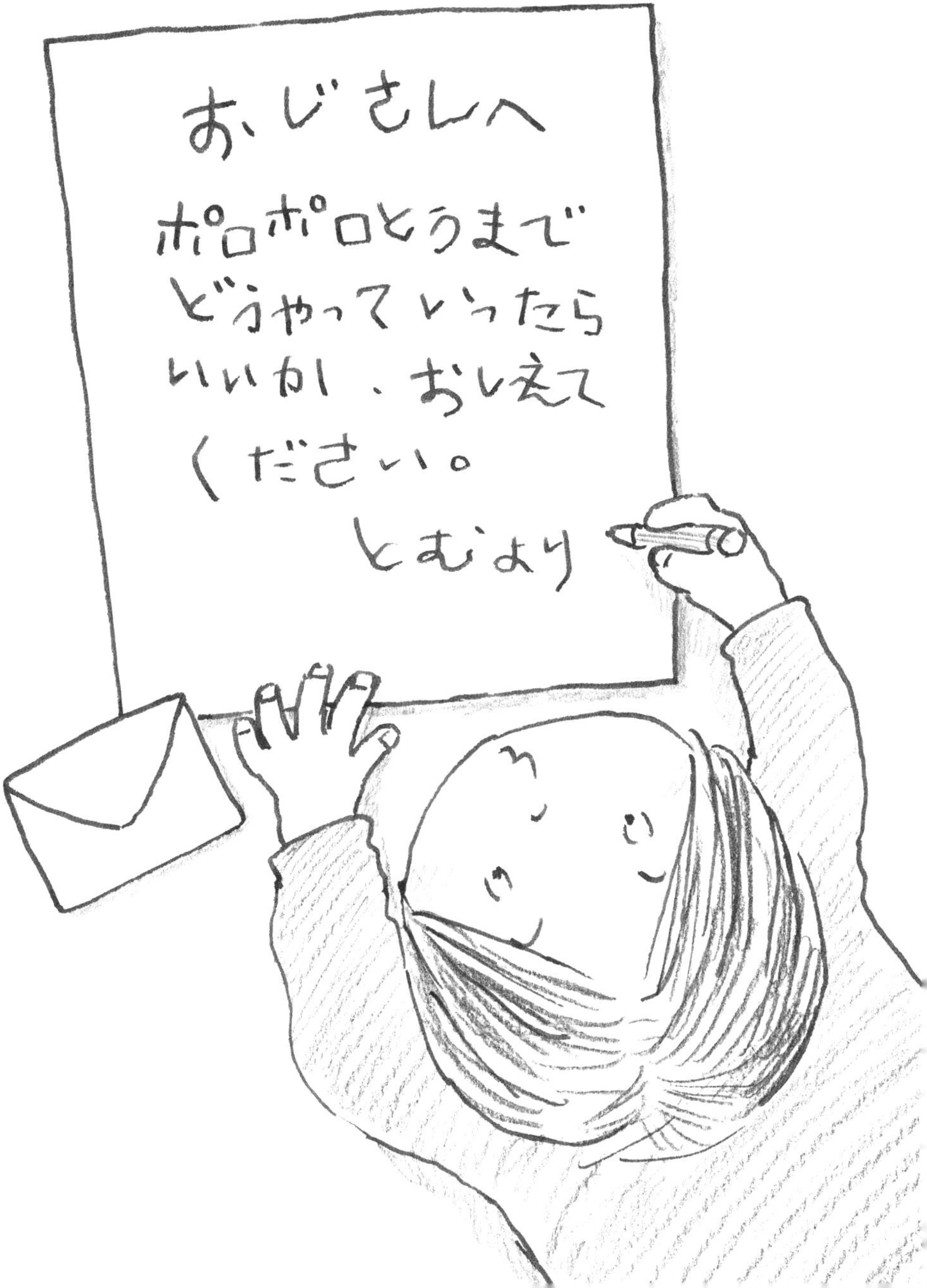

かいた　てがみを　もって、とむくんは、
ゆうびんきょくへ　いきました。
「この　てがみ、いそいで　おくりたいんですけど」
「じゃあ、そくたつね」
まどぐちの　おねえさんが　いいました。
「なんにちくらいで　へんじが　きますか？」
「そうねえ、ポロポロとうは　とおいから……、
にしゅうかんくらい　かかるかもしれないわね」
「えーっ、そんなに？」

　すると、おくから　ゆうびんきょくちょうさんが
でてきて　いいました。
「どうして　そんなに　ひにちが　かかるか
　しりたいかい」
「うん」
「それでは、じぶんで　いってごらん。
　よく　わかるから。はい、そくたつ」

　きょくちょうさんは、とむくんの　おでこに
ぺたんと　きってを　はりました。
　すると……あれあれあれ？

　とむくんは、ちいさく　ちいさく　ちいさくなって、あっというまに　てがみと　おなじ　おおきさに　なってしまいました。

「わあ、なんだか　からだが　ぺらぺらだよ」

「そりゃ　そうさ、てがみだもの」

　よく　みると、とむくんの　きている　ふくは、かみで　できていて、じゅうしょと　なまえが　かいてあります。

　それは、とむくんが　だしにきた　おじさんあての　てがみなのでした。

　きょくちょうさんは、ぺらぺらの　とむくんを　つまんで、おおきな　はこに　ぽとんと　いれました。

「しばらく　そこで
　まっていなさい」

はこの　なかには、ほかの　てがみが　たくさん　いて、
わいわい　がやがや　おしゃべりを　していました。
ちかくに　いた　てがみが、とむくんを　みて
いいました。
「きみは　どこいきの　てがみ？」
「ぼくは、ポロポロとう」
とむくんが　こたえると、てがみたちは　また
わいわい　がやがや。

「ポロポロとうだって？　そんなの　きいたこと
あるかい？」
「ないない、きいたことが　ない」
「ぼろぼろとうの　まちがいじゃないのか」
「そうだ、そうだ、きっと　そうだ」
「あてさきが　まちがっていると、また　ここに
もどってこなきゃいけないんだぞ」
「あーあー、かわいそうに」
とむくんは、ちょっと　しんぱいに　なってきて、
だまって　すみっこで　ちいさくなっていました。

しばらくすると、かかりの　ひとが　やってきて、
はこの　なかの　てがみを　ぜんぶ　だしました。
そして、ぽん・ぽん・ぽん・ぽんと
すごい　はやさで　スタンプを　おしました。
とむくんの　おでこの　きってにも、
ぽんと　スタンプが　おされました。

それから、みんな　いきさきべつに　わけられました。
てがみたちは、「うわあ」とか「ひゃあ」とか
いいながら、いくつもの　はこに　わけられていきました。

とむくんの　いれられた　はこには、
がいこくへ　いく　てがみが
あつまっているようです。
「ポロポロとうへ　いくひと、いませんか？」

　とむくんは、たずねてみましたが、
「そんなところ、しらないなあ」
「きいたこと　ないなあ」という
へんじばかりです。

そのうちに、トラックが　やってきて、
とむくんたちは、はこごと　つみこまれました。
トラックは、びゅんびゅん　はしります。

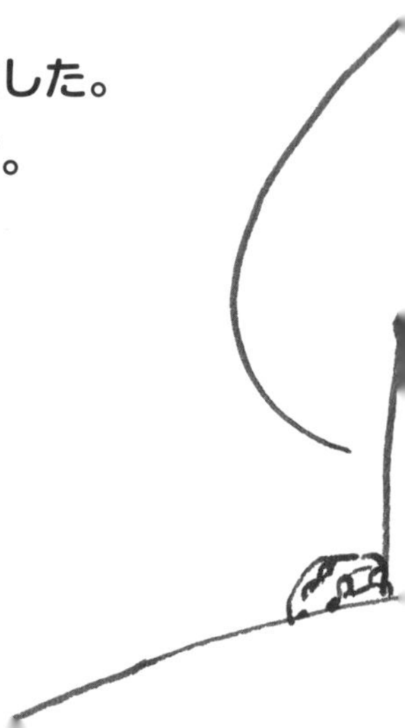

　ながいこと　はしって　はしって、
やっと　とまりました。
「あれ？　もう　ポロポロとうに
　ついたの？」
　そうではありませんでした。
　ここは、おおきな　まちの
おおきな　ゆうびんきょく。
　とむくんは、ほかの　まちから
あつめられてきた　たくさんの
てがみたちと　いっしょになりました。

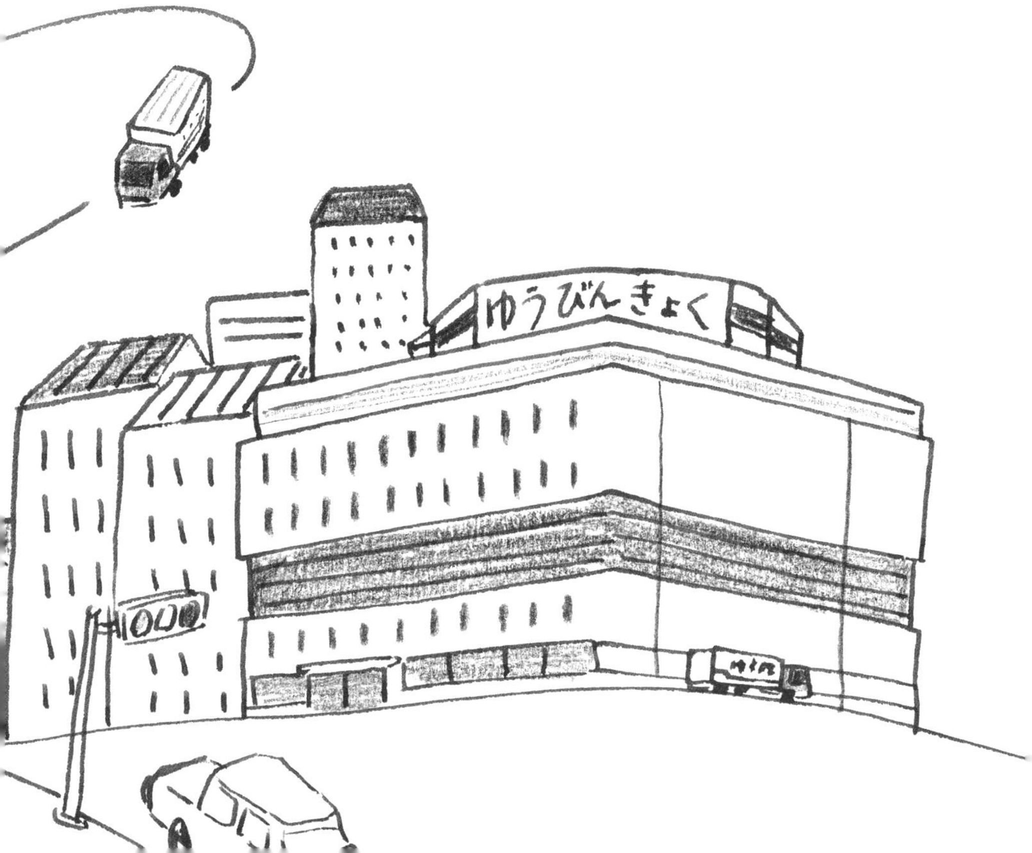

AIR CARGO

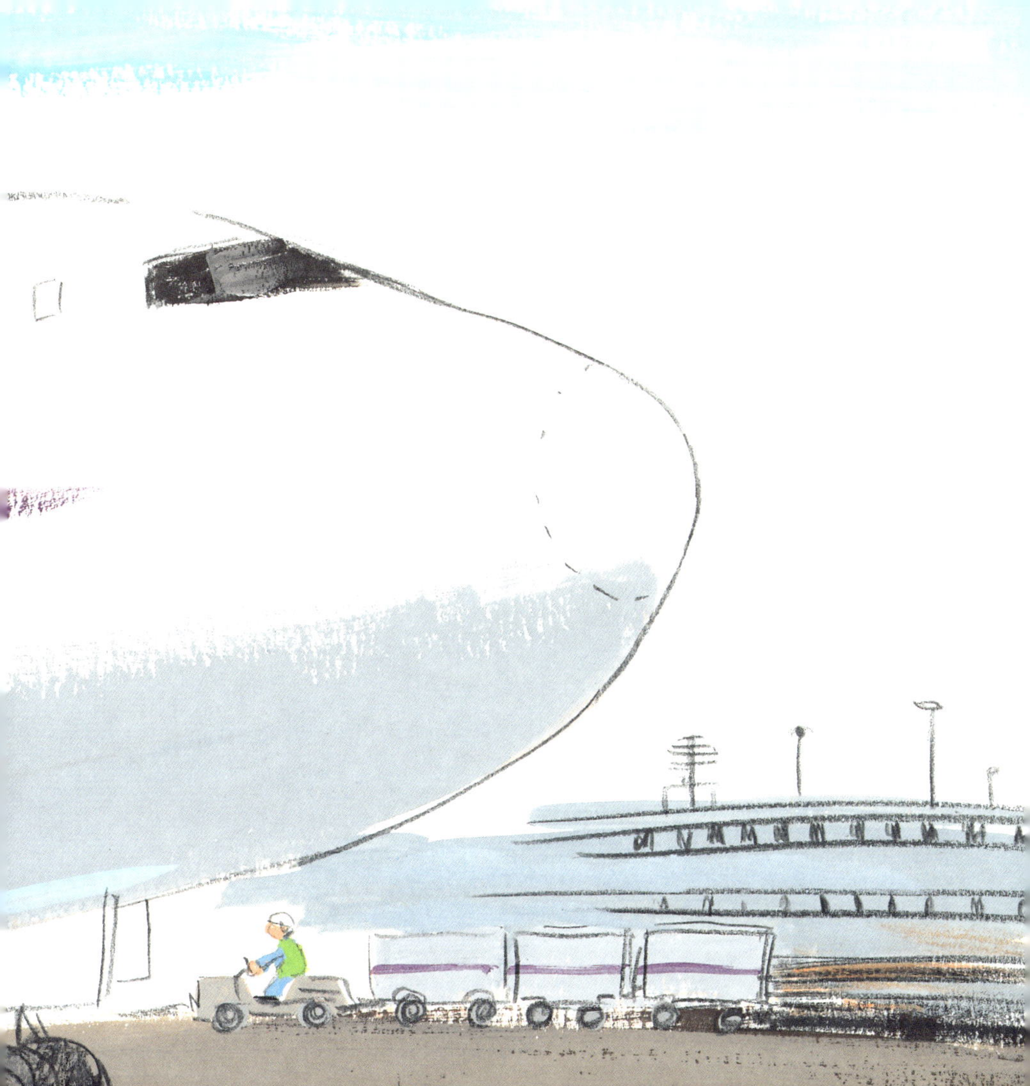

それから、また　べつの　トラックに　のりかえて、
びゅんびゅん　はしって……。
ついたところは　くうこうでした。
おおきな　ジェットきが　まっていました。
「わあい、あれに　のっていくんだ」

でも、てがみたちが　のせられたのは
うすぐらい　かもつしつ。
「そとが　みえなくて　つまんないや」
とむくんは、はこから　えいっと　とびおりました。
かもつしつには　いろんな　にもつが　いっぱいです。

「こらこら、てがみ。どこへ　いくんだ」
　としとった　トランクが　いいました。
「みんなと　いっしょに　いないと、かみくずと
　まちがわれて　はいたつしてもらえないぞ」

ところが……もどろうとしたら、
はこが　どこだったか　わかりません。
「わあん、どうしよう」
うろうろしている　とむくんを　みていた　トランクが、
「しょうがないなあ」と、ごろごろ　たすけにきました。

「ほら、てがみは　ここだ」
「ありがとう、おじいさん」
「つくまで　おとなしくしてるんだぞ」
「はあい」
　ごうごうという　エンジンの　おとを　きいているうちに、
とむくんは、いつのまにか　ねむってしまいました。

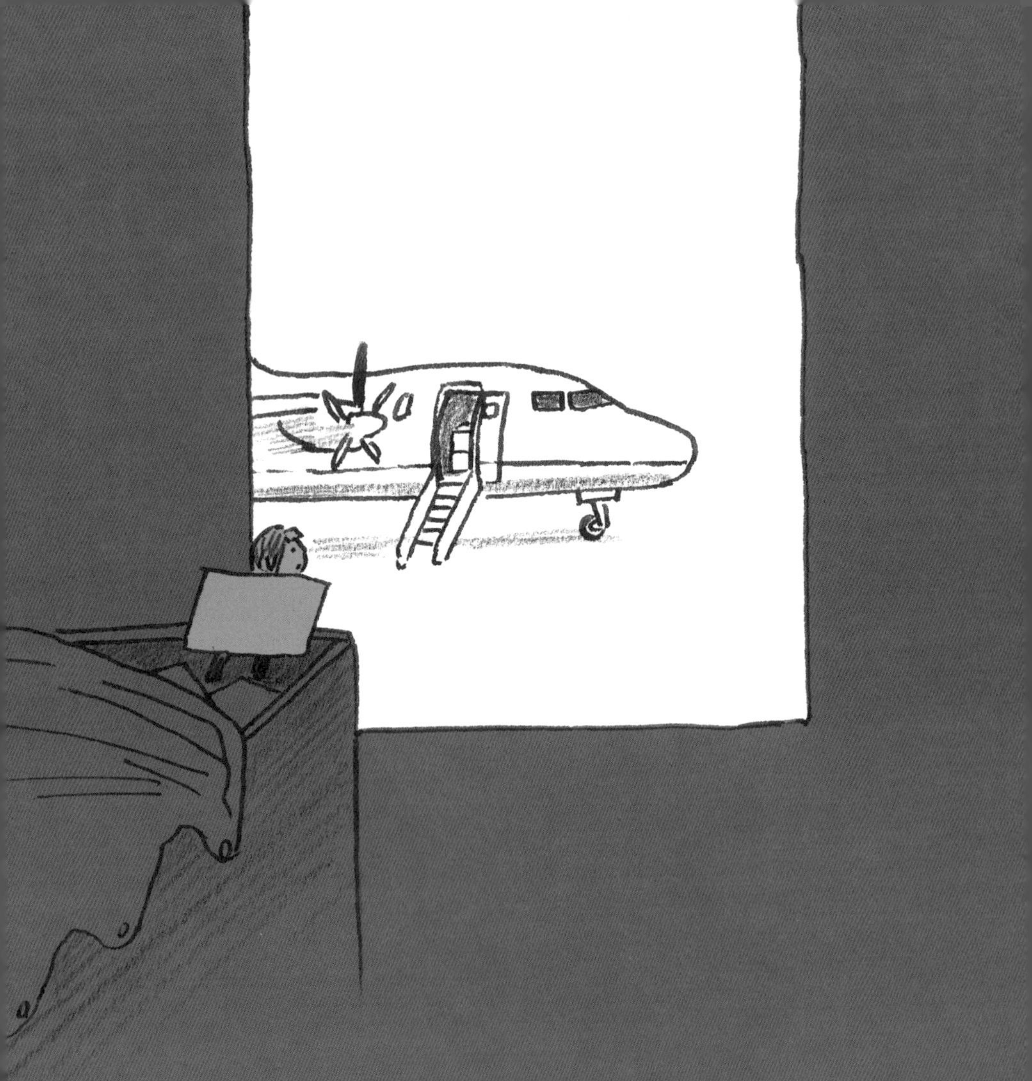

きゅうに　あかるい　ひかりが　さしこんできて、
めが　さめました。
ジェットきが　とまって、かもつしつの　とびらが
あいたのです。
こんどこそ　ポロポロとうに　きたと　おもったら……、
まだまだ。ここで、プロペラきに　のりかえでした。

プロペラきから　また　トラックに　のりかえて、
ながいこと　はしりました。

「うー、あつい」「あついなあ」
いっしょに　きた　てがみたちが
ぶつぶつ　いいはじめました。
「なかみの　チョコレートが　とけちゃうよ」
そういって　しんぱいしている　こづつみも　います。
どうやら、だいぶ　みなみの　くにに　きたようです。

トラックは　ゆうびんきょくに　つきました。
ゆうびんきょくの　ひとたちは、みんな
とむくんの　しらない　ことばで　しゃべっています。
ここで、またまた　いきさきべつに　わけられました。

　まわりを　みると、がいこくの　きっての
はってある　てがみばかり。
「ここは、なんていうところ？」
「うにゃ、もっさ」
「ポロポロとうって　まだ　とおいの？」
「ぽろぽろ？　らぽ、じゃら、やんて」
「うーん……ぜんぜん　ことばが　わかんないや」

　ゆうびんきょくから
みなとへ　いって、
ふねに　のりました。

　つぎの　みなとで　もっと　ちいさい　ふねに
のりかえました。
　ちいさい　ふねは、ちいさい　しまの　あいだを
のんびり　すすみます。

みなとに　つくたびに、むらの　ひとが　おおぜい
あつまってきます。ふねで　くる　てがみや　にもつを
たのしみに　まっているのです。

いっしょに　のっていた　てがみたちは　だんだん
へっていって、とむくんの　はいっている　はこ
ひとつだけに　なりました。

とうとう　さいごの　しまが　みえてきました。
ふねの　せんちょうさんが
「ポロポロ　なんとか　かんとか」と　いっています。

みなとに　でむかえにきた　ひとたちも、くちぐちに
「ポロポロ」「ポロポロ」と　いっているようです。
とうとう　ポロポロとうに　やってきたのです。

　ここから　さきは、ジャングルの　なかの
でこぼこみちの　くねくねみちの　いっぽんみちです。
　おんぼろトラックで、がたごと　がたごと。

うんてんしゅさんは、へいきで　うたを　うたいながら
うんてんしています。

トラックが　あなぼこに　はまって　ゆれるたびに、
にもつは、とんだり、はねたり、ひっくりかえったり。

　きゅうに　トラックが　とまりました。
「どうしたんだろう」
　とむくんは、のびあがって　まえを　みました。
　きが　たおれて、みちを　ふさいでいます。
これでは、くるまは　とおれそうもありません。
どうするのでしょう。

うんてんしゅさんは、トラックから　おりると、
むねポケットから　おまわりさんのような　ふえを
だして、そらに　むかって　ふきました。

ぴるるー、ぴーっ！

すると、まもなく　あたまの　うえの　きの　えだが
ざわざわっと　ゆれて……

たくさんの　さるが　とびおりてきました。
　みんな　あかい　ちいさい　かばんを　かたから
かけています。

さるたちは、トラックの　まえに　あつまってきて、
ごちゃごちゃと　ならびました。
うんてんしゅさんが、せんとうの　さるに　てがみを
ひとつ　わたすと、さるは　それを　かばんに　いれて、
するするっと　きに　のぼっていきます。

どうやら、この　しまでは、さるたちが　てわけして
ゆうびんはいたつを　するようです。
とむくんも、いっぴきの　さるの　かばんに
いれられました。

さるは、たかい　きの　えだから　えだへ、
ぴょーん　ぴょーんと　みがるに　わたっていきます。
その　はやいこと、はやいこと。
「うわあい、おもしろい……けど……めが　まわるよう」

そのうち、さるが　とまりました。

とむくんが、ちょっと　ふらふらしながら、

かばんから　かおを　だしてみると……

おやおや、さるは、えだに　すわりこんで
せっせと　きのみを　たべていました。
　むしゃむしゃ　たべて、
しんと　たねを　ぽいっと　すてて、
また　つぎのを　もいで、
むしゃむしゃ　たべて、
しんと　たねを　ぽいっと　すてて……。

きのみは、まわりの　えだに　どっさり
なっています。あまい　においで、しるが　たっぷり。
とても　おいしそうです。

おなかいっぱいになった　さるは、えだの　うえに
ねそべって　ひるねを　はじめました。
「だめだよう、はやく　はいたつしてよう」
とむくんは、かばんの　なかで　じたばたしました。
でも、さるは　おきません。
くう　すう　くう　すう
いつまでも　いつまでも　きもちよさそうに
ねています。

「もう、しょうがない　さるだなあ」

とむくんは、かばんから　ごそごそ　はいだすと、ねている　さるの　しっぽを　りょうてで　もって、おもいっきり　ぎゅうっと　ひっぱりました。

「きゃあ！」

さるは、びっくりして　とびあがりました。

ところが、その　はずみに　えだが　おおきく　ゆれて……

「うわー、たすけて！」
　とむくんは、あしを
すべらせて　えだから
おちてしまいました。

じめんが　だんだん
ちかづいてきます。
そのとき、よこから
なにか　しろいものが
とんできました。

　おおきな　おうむです。
　おうむは、じめんすれすれの
ところで　とむくんを　せなかに
のせると、ばさばさっと　はばたいて
そらに　まいあがりました。

したを　みると、どこまでも　ひろがる　ジャングル。
それが　とぎれると、きらきら　ひかる　かわが
みえてきました。
あきちが　あって、ちいさな　いえが　たっています。

　おうむは、いえの　まえに　さっと　まいおりると、
ゆうびんうけに　とまって、おおきな　こえで
なきました。
「ユウビン・デース！　ユウビン・デース！」
　ぎいっと　とが　あいて、だれか　でてきました。
「やあ、はいたつ　ごくろうさん」
　それは、どうぶつがくしゃの　おじさんでした。

「おっ、とむくんからの　てがみか」
　おじさんは、おうむの　せなかから　とむくんを
つまみあげると、
「どれどれ、なんて　かいてあるかな」
と　いって、ふうとうを　あけようとしました。
「うひゃひゃひゃ、くすぐったいよ、おじさん！」
　そのとたん……

てがみの　とむくんは、ぽん！と
いっぺんに　ふくらんで、もとの　すがたに
もどりました。
　おじさんは、びっくり。だって、てがみだと
おもったら、ほんものの　とむくんが　きたんですから。
　とむくんは、おじさんに　とびついて　さるみたいに
ぶらさがりました。
「おじさん、あのね、ぼく、『ポロポロとうまで、
　どうやって　いったら　いいか、おしえてください』
　って　てがみに　かいたんだよ。でも、もう
　すっかり　わかっちゃったよ」

POST

それから、とむくんは、あたりを
みまわして　いいました。
「ああ、おなか　ぺっこぺこ。
おじさん、あの　バナナ
たべてもいい？」
「いいとも、いいとも。
すきなだけ　たべなさい。
マンゴーも、パイナップルも、
たくさん　あるぞ」

それから　いっしゅうかん、とむくんは、おいしい
くだものを　たべたり、おじさんと　いっしょに
たんけんに　でかけたりして、たのしく　すごしました。

めずらしい　むしも　たくさん　みつけたし、
おうむには　うたを　おしえてあげたし、

ゆうびんはいたつの　さるとも　なかよくなって、
いっしょに　サーカスごっこをして　あそびました。

かえりは、おなじ　みちを　ぎゃくもどり。
おじさんが　ひこうじょうまで　おくってくれました。
「きをつけて　かえるんだぞ」
「うん、ぼく、また　くるね！」
とむくん、こんどは、てがみじゃなくて
にんげんなので、ちゃんと　ひこうきの　ざせきに
すわって　かえりましたよ。
おでこには　きってを　はったままでしたけどね。

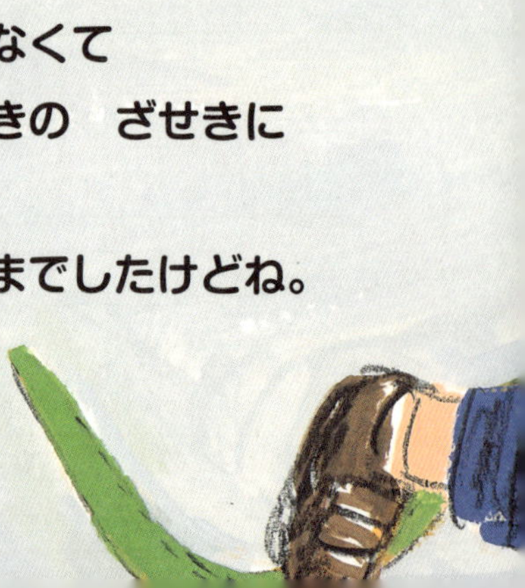

作　竹下文子（たけした ふみこ）
福岡県生まれ。東京学芸大学卒業。『星とトランペット』（ブッキング）で
野間児童文芸推奨作品賞を、「黒ねこサンゴロウ」シリーズ（偕成社）で
路傍の石幼少年文学賞を受賞。
主な作品に『クッキーのおうさま』『わすれんぼうのはりねずみ』（ともにあかね書房）、
『ひらけ！なんきんまめ』（小峰書店）などがある。静岡県在住。

絵　こばようこ
1972年東京都生まれ。多摩美術大学絵画科卒業。夫であるおだしんいちろう氏との共作
「ドドのこぶね」で第4回ピンポイント絵本コンペ最優秀賞を受賞。おだ氏との作品に
『ドドとヒー こぶねのぼうけん』（金の星社）、『タルトくんとケーキのたね』（偕成社）
などがある。その他の絵本作品の絵も多数手がけている。東京都在住。
ホームページ「ドドヒードットコム」http://dodohee.com

すきっぷぶっくす・4
ポロポロゆうびん　作　竹下文子　絵　こばようこ

2009年4月　第1刷
2010年5月　第2刷

発行者　岡本雅晴
発行所　株式会社あかね書房
〒101-0065　東京都千代田区西神田3-2-1
電話　03-3263-0641（営業）　03-3263-0644（編集）
http://www.akaneshobo.co.jp
印刷所　株式会社精興社　製本所　株式会社ブックアート

ISBN978-4-251-07704-2
C8393　NDC913　63p　22cm
落丁本・乱丁本はおとりかえいたします。
定価はカバーに表示してあります。